エレベーターのふしぎなボタン

加藤直子・作
杉田比呂美・絵

ポプラ社

さわやかな秋《あき》の日《ひ》のことでした。

学校《がっこう》の帰《かえ》り道《みち》、サキはいつものように公園《こうえん》によると、大《おお》きなケヤキの木《き》の下《した》に立《た》ちました。

「ただいま。」

すべすべしたみきをそっとなでていうと、ケヤキの葉《は》っぱが風《かぜ》にゆれて、カラカラと音《おと》をたてました。

まるでサキに「おかえり」というように。

二年生《ねんせい》の四月《がつ》にこの町《まち》にひっこしてきてから、もうすぐ半《はん》年《とし》。サキはかならず、お気《き》にいりのケヤキの木《き》にあいさつをして家《いえ》に帰《かえ》ります。ひっこしたばかりで心ぼそかったときも

ケヤキの木《き》はいつも、サキをやさしくむかえてくれました。公園《こうえん》をとおりぬけると、サキのすむマンションは、目《め》の前《まえ》です。

マンションのエレベーターにのったサキは、五かいの〈5〉のボタンをおそうとして、はっと手《て》をとめました。いちばん上《うえ》の〈11〉のボタンの上《うえ》に、見《み》たことのないみどり色《いろ》のボタンがあります。

「こんなの、今《いま》まであったかな?」

サキは思《おも》わず、そのボタンをおしました。

すると、ボタンに明《あか》るい光《ひかり》がぽっとともりました。とびらがしまって、エレベーターがうごきだすと、二かい……、三かい……。

エレベーターの位置《いち》をしめすオレンジ色《いろ》の数字《すうじ》がかわっていくのを、サキはじっと見《み》つめました。

十一かい……。

ふっとオレンジ色《いろ》の数字《すうじ》がきえました。それでもエレベーターはのぼりつづけます。

「ずっととまらなかったら、どうしよう……？」

サキが不安《ふあん》になってきたとき、エレベーターはしずかにとまりました。

スーッととびらがひらいたしゅんかん、さわやかな風《かぜ》にのって、木《き》や草《くさ》や花《はな》のかおりがただよってきました。

とびらの外《そと》はしんとして、木《き》がたくさん見《み》えます。

「ここ、どこだろう？」

サキはこわくなって、とびらをしめるボタンに手《て》をのばしました。

そのとき、すこしさきに一ぴきのネコがいることに気《き》づきました。その灰色《はいいろ》のネコはとことこ歩《ある》くと立《た》ちどまり、ふりかえってサキをじっと見《み》つめます。

「あのネコ、なんだか、あたしのこと、まっているみたい。」

サキは、思《おも》いきってエレベーターの外《そと》に出《で》ました。

そこは森《もり》の中《なか》でした。

灰色《はいいろ》のネコは「こっちだよ」と道《みち》あんないをするように、小道《こみち》を進《すす》んでいきます。

「うわあ、葉《は》っぱのじゅうたんだ！」

サキは、ふりつもった落《お》ち葉《ば》の上《うえ》をさくさく歩《ある》きます。

よく見《み》ると、木《こ》の実《み》がたくさんおちていて、ときどきキノコも顔《かお》を出《だ》しています。高《たか》い木《き》の上《うえ》のほうでは、小鳥《ことり》がさえずっています。

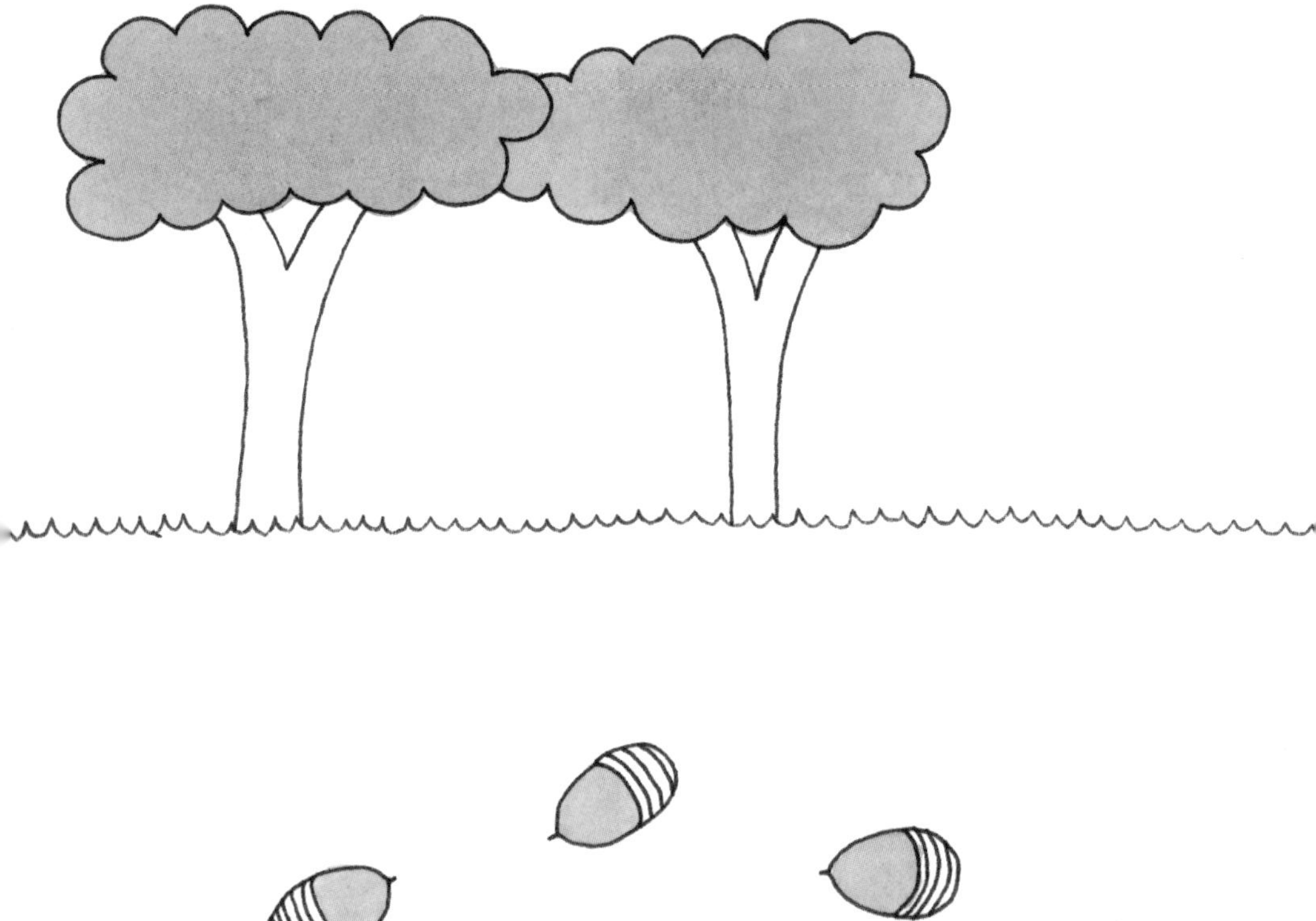

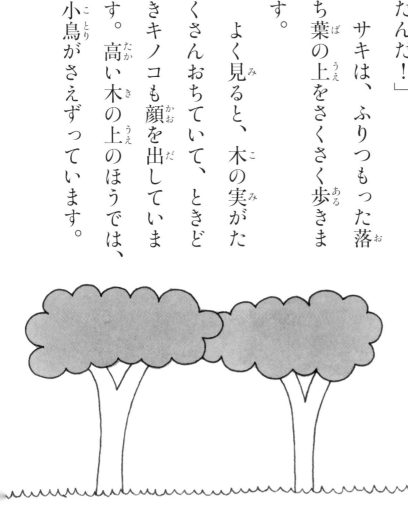

サキはだんだん楽《たの》しくなってきて、いつのまにかスキップをしていました。

「あれ？　ネコちゃん、どこにいったの？」

気《き》がつくと、灰色《はいいろ》のネコのすがたが見《み》えません。足《あし》をとめて、きょろきょろすると、小道《こみち》のさきにだれかがいるのが見《み》えました。

おそるおそる近《ちか》づいてみると、おばあさんが、道《みち》にちらばったクリをかごにひろい集《あつ》めているところでした。どうやら、かごをひっくりかえしてしまったようです。

「あの……、お手《て》つだいしましょうか？」

サキは声《こえ》をかけてみました。

けれど、おばあさんはだまって、クリをひろいつづけます。

サキはすこしまよいながら、しゃがんでクリをひろいはじめました。

やっとぜんぶかごにひろい集《あつ》めると、おばあさんは、サキにむかっていいました。

「やれやれ、とんだ『借《か》り』を作《つく》ったもんだ。さあ、そのかごをもって、ついておいで。」

どっさりクリがはいったかごをサキは両手《りょうて》でもちました。せなかにはランドセルもあるし、ふらふらしながら、おばあさんの後《うし》ろを歩《ある》いていきました。

やがて、小《ちい》さな木《き》の家《いえ》の前《まえ》につきました。家《いえ》のよこには、大《おお》きなケヤキの木《き》が立《た》っています。

「あたしの家《いえ》だよ。おはいり。」

おばあさんはドアをあけて、いいました。

どこにいたのか、灰色《はいいろ》のネコがあらわれて、するりとドアのすきまをとおりぬけました。

サキもつづいて家《いえ》の中《なか》にはいります。

小《こ》ぢんまりした台所《だいどころ》と、居間《いま》がつながっています。

「かごをここにおいておくれ。」

おばあさんは台所《だいどころ》のテーブルを指《ゆび》さしました。それから、いすにこしかけていいました。

「『借《か》り』がひとつだ。『ねがいごと』をひとつ、おいい。」

「えっ？」

「『借《か》り』ひとつに『ねがいごと』ひとつ。それがこの森《もり》のきまりさ。さあ、どんなことでもいい。かなえてあげるから、

早《はや》くおいい。もっとも、あんまり大《おお》きすぎるねがいは、ごめんだよ。」

サキはすこし考《かんが》えてから、いいました。

「あたし、学校《がっこう》の図書室《としょしつ》で借《か》りた本《ほん》、なくしちゃったの。だから、その本《ほん》に出《で》てきてほしい。」

「いいだろう。じゃあ、これでわたしの用《よう》はすんだよ。さあ、もう家《いえ》にお帰《かえ》り。」

「えっ、もう？」

おばあさんは立《た》ちあがると、とまどうサキのかたをおすようにして、ドアの外《そと》に出《だ》しました。

バタンと目《め》の前《まえ》でドアがしまって、しかたなく、サキがふりむくと、そこはエレベーターのまん前《まえ》、マンションの五かいのろうかでした。

サキはおどろいて、あたりを見《み》まわしました。けれど、マンションのろうかがつづいているだけです。

「いったい、どうなってるの？」

五かいにとまったままのエレベーターの中《なか》にはいって、ボタンの列《れつ》を見《み》あげると、

「あれ？　ない……。」

みどり色《いろ》のボタンはありません。

「どうして……？」

サキはエレベーターを出《で》ると、ぼんやりしたまま、ろうかを歩《ある》いて、家《いえ》のインターフォンのボタンをおしました。

「ただいま。」

「おかえり。」

おかあさんにドアをあけてもらって、リビングにはいると、おかあさんがいいました。

「サキちゃん、ソファのクッションの下《した》に本《ほん》があったわよ。」

「えっ？」

サキは、ソファの上《うえ》におかれた本《ほん》を手《て》にとりました。

「図書室《としょしつ》の本《ほん》……？　あっ、森《もり》のおばあさんだ。きっと、森《もり》

のおばあさんが出《だ》してくれたんだ！　やっぱり、ほんとのこ
とだったんだ。」
サキは本《ほん》をむねにかかえると、ぎゅっとだきしめました。

次《つぎ》の日《ひ》、サキが学校《がっこう》から帰《かえ》ってエレベーターにのると、

「あった！」

みどり色《いろ》のボタンがありました。

「朝《あさ》、学校《がっこう》にいくときはなかったのに……。よかった！」

サキはドキドキしながら、ボタンをおしました。

エレベーターはきのうと同《おな》じように、どんどんあがっていきます。そして、とびらがひらくと、きのうと同《おな》じ森《もり》につきました。

サキはスキップをして、小道《こみち》を進《すす》みました。

おばあさんの家《いえ》につくと、サキはドアをトントンとノック

しました。

「おはいり。」

ドアをあけると、ゆかにねそべっていた灰色《はいいろ》のネコがサキをちらりと見《み》あげました。

「なんだい、またあんたかい？」

おばあさんは台所《だいどころ》のテーブルで、クリをナイフでふたつにわっているところでした。

「おばあさん、図書室《としょしつ》の本《ほん》、出《で》てきたよ。どうもありがとう。」

「またなにか、たのみにきたのかい？」

「えへへ、じつはそうなんだ。」

サキは、もじもじしながらいいました。

「まったく、ずうずうしいねぇ。まあ、いいさ。ちょうど手《て》つだいがほしかったところだ。さあ、そこにすわっておくれ。」

テーブルの上《うえ》には、大《おお》きなざるがあって、ゆでたクリがどっさりはいっていました。

サキはおばあさんに教《おそ》わって、ふたつにわったクリの実《み》をスプーンでくりぬくお手《て》つだいをしました。

きれいにくりぬくのは、なかなかむずかしいものでしたが、
サキはむちゅうでクリの実《み》をくりぬいていきました。

「おばあさん、見《み》て、見《み》て。ほら、じょうずにできるようになったよ。」

サキは、大《おお》きなクリの実《み》のかけらをつまんでみせました。やっとぜんぶおえたときには、サキの指《ゆび》さきは赤《あか》くなって、じんじんしました。

「さあ、森《もり》のきまりだ。『ねがいごと』をおいい。」

おばあさんがサキにいいました。

「あのね、あたし、きのう、ここにきたでしょ。それでアヤちゃんと遊《あそ》ぶ約束《やくそく》をわすれちゃったの。きょうの朝《あさ》、学校《がっこう》であやまろうと思《おも》ったんだけど、アヤちゃんってば、すごくお

こっていて、そうしたら、なんだかあたしも、
むっとしちゃってね、きょうは、アヤちゃんと
ぜんぜんしゃべらなかったの。」
サキは赤《あか》くなった指《ゆび》さきを
いじりながらいいました。

「わるいのは、あたしなんだけどね……。」

「それなら、あやまって、なかなおりすればいいさ。」

「うん。だけどね、あたし、アヤちゃんの顔《かお》を見《み》ると、『ごめんなさい』って、いえなくなっちゃうの。どうしてかな？　アヤちゃんは、転校《てんこう》した日《ひ》に、さいしょに声《こえ》をかけてくれた友《とも》だちなのに……。このままずーっと一生《いっしょう》、ケンカしたままだったらどうしよう……？」

おばあさんはクスッとわらいました。

「一生《いっしょう》だなんて、大《おお》げさな。まったく、おかしな子《こ》だね、あんたは。まあ、いいさ。とにかく明日《あす》にはなかなおりできるよ。」

「ほんと?」

「ああ。用《よう》がすんだら、さっさとお帰《かえ》り。」

サキはほっとして、にっこり手《て》をふって、おばあさんの家《いえ》を出《で》ました。

次《つぎ》の日《ひ》、サキは公園《こうえん》によらずに、学校《がっこう》からまっすぐ走《はし》って帰《かえ》りました。そして、息《いき》をきらして、エレベーターにのって、みどり色《いろ》のボタンをおそうとしましたが、

「あれ？」

ボタンがありません。

「おかしいな。どうしたんだろう……？」

サキはがっかりして、公園《こうえん》のケヤキの木《き》のところへやってきました。

「おばあさんに会《あ》いにいきたいのに……。」

サキは、ケヤキの木《き》をそっとなでました。

するとケヤキの葉《は》っぱは風《かぜ》にゆれて、「だいじょうぶよ」というようにカラカラと音《おと》をたてました。

「ありがとう、ケヤキさん。」

サキはケヤキの木《き》に手《て》をふると、マンションに走《はし》ってもどりました。そして、エレベーターにのりこむと、

「あった！」

みどり色《いろ》のボタンはちゃんとありました。

サキは、とびつくようにしてボタンをおしました。

エレベーターは、いつものようにサキを森《もり》へとはこびました。

トントン。

サキは、おばあさんの家《いえ》のドアをノックして、あけました。

「こんにちは。」

「おはいり。そろそろくるころだと思《おも》っていたよ。」

おばあさんは、台所《だいどころ》のテーブルで、あみものをしながら
いいました。

「おばあさん、アヤちゃんのこと、ありがとう。あたし、朝《あさ》いちばんにアヤちゃんに『ごめんね』って、いったの。そうしたら、アヤちゃんも『おこって、ごめんね』って。休《やす》み時《じ》間《かん》、ふたりでなわとびをしてね、すごく楽《たの》しかったんだよ。」

サキは、声《こえ》をはずませていいました。

「そうかい、よかったね。それで、きょうはいったい、どんな『ねがいごと』をもってきたんだい？」

「きょうはないよ。ただ遊《あそ》びにきただけ。」

「遊《あそ》びに？」

「うん。ここにいると、楽《たの》しいんだもん。」

サキは、そばによってきた灰色《はいいろ》のネコの頭《あたま》をなでながら、いいました。

「ねえ、おばあさん、なんだか、とってもいいにおいがするね。」

サキは、はなをくんくんさせました。

「ああ、ケーキをやいたんだよ。きのうのクリをつかってね。食《た》べるかい？」

「うん。」

サキは目《め》をかがやかせました。

「じゃあ、そこへおすわり。」

おばあさんは戸《と》だなからケーキののったおさらを出《だ》して、テーブルにおきました。きつね色《いろ》のケーキから、バターのかおりがふわりとひろがりました。

「わぁ、おいしそう。」

おばあさんはケーキをひときれ切《き》って、おさらにのせました。

それから、フォークをそえて、あたたかい紅茶《こうちゃ》といっしょにサ

キの前《まえ》におきました。

「いただきます。」

口《くち》の中《なか》にいれると、ケーキはまだすこしあたたかくて、バターといっしょに、ほんのりクリの味《あじ》がひろがりました。

「とってもおいしい。」

サキはケーキの中《なか》から、クリをひとかけら、手《て》でつまんで口《くち》にいれました。そして、キャン

ディーみたいに舌《した》の上《うえ》でころころがしました。

「クリって、こんなにおいしいんだね。あたし、きょうから、おやつは毎日《まいにち》、クリがいいな。クリックリッ、クリッ！」

「まったくおかしな子《こ》だね、あんたは。」

おばあさんはクスッとわらいました。


それから毎日《まいにち》、サキはおばあさんの森《もり》へ出《で》かけました。

木《こ》の実《み》をさがして、おばあさんと森《もり》の中《なか》を歩《ある》いたり、小川《おがわ》に草《くさ》のふねをうかべて遊《あそ》んだり、おばあさんの台所《だいどころ》のお手《て》つだいをしたり、葉《は》っぱが風《かぜ》にゆれる音《おと》をききながら、灰色《はいいろ》のネコとおひるねをしたりしました。
サキは、森《もり》が大《だい》すきになりました。

6
5 11
4 10
3 9
2 8
1 7

ところが、みどり色《いろ》のボタンがエレベーターにあらわれてから、十日目《とおかめ》――。

いつものように、学校《がっこう》から公園《こうえん》によって帰《かえ》ったサキが、マンションのエレベーターにのると、みどり色《いろ》のボタンがありません。

「どうして……？」

サキは、公園《こうえん》に走《はし》ってひきかえしました。

「みどり色《いろ》のボタン、どうして、またなくなったの？」

サキは、ケヤキの木《き》にたずねました。けれど、きょうは風《かぜ》もなく、ケヤキの木《き》はだまったままです。

エレベーターにもどっても、みどり色《いろ》のボタンはありませんでした。サキはしょんぼりと家《いえ》に帰《かえ》っていきました。

次《つぎ》の日《ひ》も、その次《つぎ》の日《ひ》も、みどり色《いろ》のボタンはあらわれませんでした。サキは一日中《にちじゅう》、森《もり》のことで頭《あたま》がいっぱいでしたが、どうすることもできません。

そうして、一週間《しゅうかん》がすぎました。

学校《がっこう》の帰《かえ》り道《みち》、公園《こうえん》のいり口《ぐち》で、サキは足《あし》をとめました。ケヤキの木《き》の下《した》に、めずらしく、人《ひと》かげがあります。それは車《くるま》いすにのった人《ひと》と、そのつきそいの人《ひと》でした。

サキはケヤキの木《き》のほうへ歩《ある》いていくとちゅうで、思《おも》わず声《こえ》をあげました。

「森《もり》のおばあさん！」

車《くるま》いすのおばあさんも、つきそいの女《おんな》の人《ひと》も、サキの声《こえ》がきこえなかったのか、ゆっくりとケヤキの木《き》からはなれていきます。

「どうしよう？　話《はな》しかけようかな。」

サキは、車《くるま》いすのおばあさんのよこ顔《がお》をじっと見《み》ました。

その人《ひと》はずっと目《め》をとじていて、あまり元気《げんき》がないように見《み》えます。

「ほんとうに、あの森《もり》のおばあさんかな……？」

サーッと風《かぜ》がふいて、ケヤキの葉《は》っぱがカラカラと音《おと》をたてました。

サキはだまって、ふたりを見《み》おくりました。

その夜《よ》、サキは森《もり》のゆめを見《み》ました。

サキはいつものように森《もり》の小道《こみち》をスキップして、おばあさんの家《いえ》にむかっています。

おばあさんは、家《いえ》の外《そと》の大《おお》きなケヤキの木《き》の下《した》で、いすにすわってあみものをしていました。足《あし》もとでは灰色《はいいろ》のネコがまるくなってねむっています。

「こんにちは、おばあさん。」

「おや、また、あんたかい。」

おばあさんはあみものをつづけながら、ちらっとサキを見《み》ました。

「おばあさん、あたし、ずっとここにきたかったんだよ。だけどね、エレベーターのみどり色《いろ》のボタンがなくなっちゃったから、こられなかったの。」

「エレベーターだって？　あんたはエレベーターで、ここにやってきたって、いうのかい？」

「うん、そうだよ。エレベーターのみどり色《いろ》のボタンをおすと、この森《もり》にこられるの。」

「まったく、おかしな子《こ》だね、あんたは。」

おばあさんがわらったので、サキもなんだかおかしくなって、いっしょにわらいました。

それからサキは、きいてみました。

「ねぇ、おばあさん、きょう、公園《こうえん》にいたでしょ？」

「そうだったかい？」

「あたし、見《み》たよ。おばあさんが車《くるま》いすにのって、公園《こうえん》のケヤキの木《き》の下《した》にいるところ。」

「人《ひと》ちがいじゃないかい？」

「おばあさんじゃないの？」

「さあ、どうかね。」

「もう、おばあさんってば、どっちなの？」

サキが口《くち》をとがらせてほっぺたをふくらませると、おばあさんはふきだしました。

サキもつられて、また、いっしょにわらいました。

ケヤキの木《き》も、まるでサキたちといっしょにわらうように葉《は》っぱをカラカラとゆらします。

サキは、ケヤキの木《き》をなでながらいいました。

「ねえ、おばあさん、この木《き》、公園《こうえん》のケヤキの木《き》と、にてるね。」

「おや、そうかい。」

「うん、そっくり。なんだかふしぎなことがいっぱいで、あたし、まるでゆめを見《み》ているみたい……」

「まったく、おかしな子《こ》だね、あんたは。しらなかったのかい？　ここはあんたのゆめの中《なか》だよ。」

そしてサキは、目《め》をさましました。

次《つぎ》の日《ひ》、学校《がっこう》がおわると、サキは公園《こうえん》に走《はし》っていきました。

ケヤキの木《き》の下《した》には、きのうと同《おな》じ車《くるま》いすのおばあさんと、つきそいの女《おんな》の人《ひと》がいました。

「こんにちは。」

サキは、女《おんな》の人《ひと》のせなかにむかっていいました。

「こんにちは、おじょうちゃん。」

女《おんな》の人《ひと》はふりかえって、ほほえみました。

サキが、車《くるま》いすのおばあさんの正面《しょうめん》にまわると、おばあさんは、きょうも目《め》をとじていました。

「おじょうちゃん、おばあさんをしっているの？」

サキはうなずきました。そして女《おんな》の人《ひと》にききました。

「おばあさん、ぐあいがわるいの？」

「おばあさんね、今月《こんげつ》のはじめに大《おお》きな手術《しゅじゅつ》をしたの。手術《しゅじゅつ》のあと、何日《なんにち》ものあいだ、ねむりつづけてね、一週間《しゅうかん》まえにやっと、目《め》をさましたところなのよ。」

「えっ？」

サキは、思《おも》わず声《こえ》をあげました。

「だけど、あたし、森《もり》でなんどもおばあさんに会《あ》ったよ。おばあさん、病気《びょうき》なんかじゃなかった。とっても元気《げんき》だった。」

「どのくらい前《まえ》のことかしら？」

「ええっと……。」

サキは指《ゆび》をつかって数《かぞ》えました。

「一週間《しゅうかん》より、もうちょっと前《まえ》くらい……」

「そう……」

女《おんな》の人《ひと》はすこしこまったかおでいいました。

「あのね、おじょうちゃん、もしかすると、人《ひと》ちがいなんじゃないかしら？　ここにいるおばあさんは、手術《しゅじゅつ》をしてから十日間《とおかかん》、ずっと病院《びょういん》のベッドでねむっていたわ。」

サキは首《くび》をよこにふりました。

「ほんとに森《もり》のおばあさんだもん。あたし、おばあさんと森《もり》で、おさんぽして、おりょうりして、ネコちゃんと遊《あそ》んで、それから……。」

サキは、どういえばいいのかわからなくて、下《した》をむいてしまいました。

「ねえ、おじょうちゃん、お名前《なまえ》は？」

女《おんな》の人《ひと》は、やさしくサキにたずねました。

「本田《ほんだ》サキ。」

「サキちゃん、人《ひと》ちがいなんていって、ごめんなさいね。おばさん、よくわかったわ。サキちゃんはおばあさんと、とってもなかよしなのね。」

サキは大《おお》きくうなずきました。

「どうして、おばあさん、ずっと目《め》をつぶっているの？」

「ちょっとだけ目《め》をさますことはあるのよ。でも、とても長《なが》くねむっていたせいね。おばあさん、今《いま》は、いろんなことをうまく思《おも》い出《だ》すことができないのよ。」

「あたしといっしょに森《もり》で遊《あそ》んだことも、思《おも》い出《だ》せない？」

「……たぶんね。」

サキはかなしくなって、
また、下《した》をむいてしまいました。

「でも、だいじょうぶよ、サキちゃん。きっと、思《おも》い出《だ》すわ。だっておばあさん、かっているネコのこと、思《おも》い出《だ》したのよ。それに、このケヤキの木《き》のこともね。この木《き》に会《あ》いたいって、おばあさんがいったの。」

「おばあさんがこの木《き》に……。」

「そうよ。おばあさんはこの木《き》と、ずっとむかしから、なかよしだったんですって。」

そのとき、サーッと風《かぜ》がふいてきて、ケヤキの葉《は》っぱがゆれて、カラカラと音《おと》をたてました。

サキはその音《おと》に耳《みみ》をすましました。

ケヤキの葉《は》っぱが、「そうよ、そうよ」といっているようにきこえます。

サキはケヤキの木《き》をそっとなでました。

遠《とお》くでチャイムがなるのがきこえました。

「サキちゃん、おばあさんの体《からだ》がひえるといけないから、そろそろ帰《かえ》るわね。」

女《おんな》の人《ひと》がいいました。

「あしたも、またくる？」

サキは声《こえ》をはずませました。

「そうね、おばあさんのぐあいしだいだから、はっきりとはいえないけど、できるだけ、毎日《まいにち》、ここにきたいと思《おも》っているわ。おばあさんがいろんなこと、思《おも》い出《だ》せるようにね。」

「あたし、毎日《まいにち》、ここをとおるから、また、会《あ》えるね。」

「そう。うれしいわ、サキちゃん。おばあさんも、きっとよろこぶでしょうね。」

それから女《おんな》の人《ひと》はおばあさんののった車《くるま》いすをゆっくりとおして、公園《こうえん》を出《で》ていきました。

公園《こうえん》にひとりのこったサキは、ケヤキの木《き》にもたれて目《め》をつぶりました。すると、まるで森《もり》にいるような気《き》がしました。大《だい》すきなあの森《もり》に。

さわやかなかおりがして、おばあさんの小《ちい》さな家《いえ》がすぐそばにあって、ケヤキの葉《は》っぱが風《かぜ》にゆれる音《おと》が、頭《あたま》の上《うえ》のほうからきこえてきます。

サキは目《め》をひらくと、ケヤキの木《き》を見《み》あげて、にっこりしました。

「おばあさんの森《もり》、ここだったんだね。」

ケヤキの木《き》のまわりをぐるりと見《み》まわすと、サキはわくわくしてきました。

「おばあさんの家《いえ》、ドアはあのへんかな。そっちが台所《だいどころ》で、こっちがテーブル、ここにおばあさんのいすがあって、あっちがネコちゃんのお気《き》にいりの場所《ばしょ》。」

おばあさんの家《いえ》の中《なか》を思《おも》い出《だ》しながら、サキはあたりをぴょんぴょんはねまわります。

「ねえ、おばあさん、しってた？　あたしも
ケヤキさんとなかよしなんだよ。早《はや》く元気《げんき》になって、
ここでまたいっしょに遊《あそ》ぼうね。」
ふたたびサーッと風《かぜ》がふきました。
ケヤキの葉《は》っぱがゆれてカラカラと
音《おと》をたてます。そして、その音《おと》と
いっしょに、おばあさんのわらい声《ごえ》が
きこえてくる気《き》がしました。
「まったく、おかしな子《こ》だね、
あんたは。」

作　**加藤直子**　かとう・なおこ

1972年、東京に生まれる。静岡大学人文学部社会学科卒業後、印刷会社に勤務する。「おばあさんの森」が第6回森林のまち童話大賞で大賞受賞。加筆修正・改題し、本作でデビュー。現在、中学生の娘の子育て中。趣味は水彩画を描くこと。愛知県在住。

絵　**杉田比呂美**　すぎた・ひろみ

イラストレーターとして絵本から一般書まで幅広いジャンルで活躍している。自作絵本『12にんのいちにち』（あすなろ書房）で日本絵本賞を受賞。挿絵作品に『4つの初めての物語』『時間割のむこうがわ』『ぼくの・トモダチのつくりかた』（以上ポプラ社）はじめ多数ある。東京都在住。

本はともだち♪ 15

エレベーターのふしぎなボタン

2018年11月　第1刷
2022年 6 月　第7刷

作／加藤直子　絵／杉田比呂美

発行者／千葉 均

編　集／松永 緑　荒川寛子

発行所／株式会社ポプラ社
〒102-8519　東京都千代田区麹町4-2-6
ホームページ　www.poplar.co.jp

印刷／中央精版印刷株式会社

製本／株式会社ブックアート

ブックデザイン／楢原直子（ポプラ社デザイン室）

ISBN978-4-591-16035-0　N.D.C.913　64p　22cm

P4112015

読者の皆様からの
おたよりを
お待ちしております。

いただいたおたよりは、
著者にお渡し
いたします。

本書は第6回静岡県浜松市「森林のまち童話大賞」大賞受賞作です。